문학시간에 시읽기 4

문학 시간에 시 읽기 4

자연이 숨 쉬는 곳

전국국어교사모임 엮음

Humanist

'문학시간에 읽기' 시리즈를 펴내며

문학 작품은 왜 읽을까요? 도대체 문학이란 무엇일까요?

한 국어학자는 '문학'을 '말꽃'이라고 했습니다. '꽃'이 '아름답게 피워 낸 가장 값진 열매'이니, '말꽃'은 '말로써 피워 낸 가장 아름답고 값진 결과물'이라는 것입니다.

그런데 오늘날 입시 위주의 교육 환경에서 '문학'은 과연 학생들에게 말꽃으로 다가갈까요?

학생들은 말로 이루어 낸 가장 아름다운 꽃의 향기와 아름다움을 느끼거나 맛볼 여유가 없습니다. 이번 시험엔 어떤 작품이 출제될까만 생각하며 이런저런 참고서와 문제집을 뒤적거리느라 문학의 재미와 아름다움을 맛보고 느낄 겨를이 없으니까요.

전국국어교사모임은 학생들에게 문학의 참맛을 느끼고 맛보게 해 주고 싶었습니다. 그래서 문학사 중심, 지식과 기능 중심의 문학 교재가 아닌, 학생들이 재미있게 읽으면서도 자신의 지적·정서적 경험을 넓힐 수 있는 문학책을 만들게 되었습니다.

'문학시간에 읽기' 시리즈는 전국의 국어 선생님들이 숱한 토론을 거치면서 가려 뽑은 작품들로 구성되었습니다. 학생들이 즐겨 읽고 크게 감동한 작품들, 학생들의 감수성과 상상력을 풍부하게 만든 작품들과 만날 수 있습니다.

이제 학생들이 논술과 수능 준비를 위해 어렵게 외우고 풀어야 하는 문학이 아닌, 나와 우리의 이야기가 녹아들어 있는 문학, 느끼고 생각할 수 있는 문학, 진실한 얼굴의 문학을 만날 수 있기를 바랍니다.

2013년 5월

전국국어교사모임

머리말

어느 스님이 달빛을 탐내어 물이 든 병 속에 달을 담았다고 합니다. 그러나 절에 돌아와 스님은 깨달았지요. 병을 기울이면 달도 함께 사라진다는 것을 말입니다.

우리는 국어 시간과 문학 시간에 많은 시를 배웁니다. 그런데 시의 주제와 특징을 수없이 공부하면서도, 정작 우리의 가슴에 단 한 줄의 시도 담지 못하는 까닭은 무엇일까요? 스스로 시를 느끼고 감상하며 채워져야 할 마음자리에, 이해하지도 못한 풀이와 해석을 꾹꾹 눌러 담아 버린 것은 아닐는지요.

'문학시간에 시읽기' 시리즈가 처음 나왔던 2004년과 달리, 최근에는 교과서도 다양해지고 청소년 대상 도서도 부쩍 많아졌습니다. 하지만 시는 여전히 청소년에게 '공부의 대상'으로만 존재하는 것 같습니다. 그래서인지 해설서 같은 시집은 넘쳐나지만, 스스로 느끼고 생각하며 즐겁게 읽을 시집은 많지 않습니다. 그럴듯하게 포장된 화려한 시 문제집보다, 가슴에 담을 소박하고 친근한 시 모음집이 그리워집니다.

이 책에는 문학사적으로 높이 평가받거나, 혹은 유명한 시인의 작품이라는 이유로 실린 시는 없습니다. 학생들이 읽으면 좋을 작품들을 수백 편 넘게 골라 학생들에게 읽히고, 그중 좋은 반응을 얻은 시들을 모았습니다. 시 공부에 짓눌리지 않도록, 시를 자신의 이야기와 연관 지어

이해할 수 있도록 했습니다.

1권에는 '나'와 내 주변 사람들에 관한 시를 모았습니다. 가장 가까우면서도 어려운 존재인 가족과 친구의 마음을, 시를 통해 한층 더 따뜻하게 느끼면 좋겠습니다. 또한 내 인생의 주인인 나의 모습을 살펴보고 내가 꿈꾸는 삶, 내가 소중히 여기는 삶을 시와 함께 찾아보시기 바랍니다.

2권에는 내 마음속에서 출렁이는 감정들이 담긴 시를 모았습니다. 행복, 사랑, 그리움, 애틋함, 슬픔 등 우리가 겪는 소중한 느낌들이 여러 빛깔로 다채롭게 표현되어 있습니다. 읽으면 기분이 좋아지는 시, 사랑하는 이에게 선물하고 싶은 시, 슬픈 마음을 위로해 주는 시 등을 만날 수 있을 것입니다. 시가 주는 기쁨과 위안을 경험해 보시기 바랍니다.

3권에는 우리가 사는 세상, 우리가 살아온 역사에 대한 시를 모았습니다. 학교에서 재미있으면서도 피곤한 하루를 살아가는 나의 모습을 시작으로, 학교 밖에서 만나게 되는 '또 다른 나'의 삶을 만나게 됩니다. 때로는 이웃과 사회와 세상을 따뜻하게 감싸 안고, 때로는 세상을 날카롭게 응시하는 시와 함께, 더 넓은 마음과 더 깊은 지혜를 얻게 될 것입니다.

4권에는 우리가 언젠가 돌아갈 세상, 즉 자연이 숨 쉬는 시들을 모았습니다. 어릴 적 친구처럼 지냈던 강아지, 찰박거리며 온몸에 맞던 비, 햇살이 눈부신 봄부터 눈 내리는 겨울밤이 오롯이 담긴 시를 만나게 될 것입니다. 우리 주변에 이토록 아름다운 것들이 많았던가 하고 놀라게 될 것입니다. 자연과 교감하면서 상처 입은 마음을 치유하고, 힘차게 살아갈 힘과 깨달음을 얻게 되길 소망합니다.

한 자루의 촛불이 방 안을 환히 밝히듯이 한 편의 시가 사람의 마음을 고스란히 물들입니다. 때로는 100권의 책보다 한 편의 시가 우리의 마음을 촉촉하게 적셔 주기도 하지요. 여기 네 권의 시집을 통해 내 가족과 친구를 이해하고, 나도 모르던 내 마음속을 들여다보고, 내가 사는 세상으로 눈을 넓히고, 더 나아가 자연과 생명의 소중함과 아름다움을 느끼게 되기를 바랍니다. 시가 품고 있던 향기가 우리 안에 가득해지면 우리의 주변에도 퍼져 나가겠지요. 그 향기로운 여정에 젊은 벗들을 초대합니다.

2013년 5월

'문학시간에 시읽기' 집필모임

차례

자연과 함께

1_ 움직임이 있는 풍경

2_ 소리가 담긴 풍경

3_ 어우러진 풍경

자연의 표정

1_ 봄 여름 가을 겨울

2_ 봄볕 쏟아지는 아침

3_ 부풀어 터질 듯한 초록

4_ 도토리 한 알 굴러가다가

5_ 눈이 내리네

자연과 문명

1_ 영원히 썩지 않는 꽃

2_ 우리가 잃어버린 것들

3_ 문명에서 자연으로

자연과 하나

1_ 자연을 바라보며

2_ 자연에 물들고

3_ 자연으로 돌아가다

자연의 가르침

1_ 나를 낮추며

2_ 우리도 저 나무처럼

3_ 자연의 너른 품

4_ 자연이 가르쳐 준 사랑

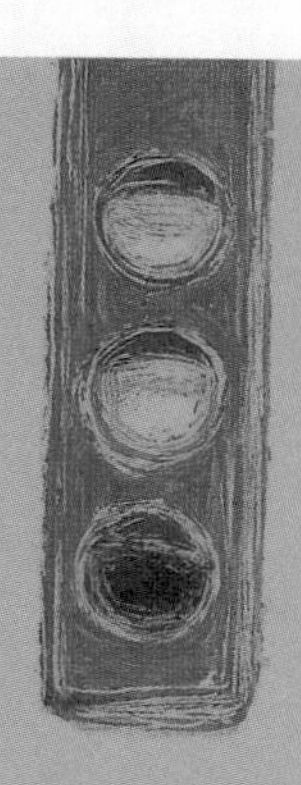

자연은 친구

옥수수

임길택

옥수수를 땄는데
옥수수가 따뜻했다.

금세 햇살들이
옥수수 속에 숨어들었다.

나무

박목월

유성에서 조치원으로 가는 어느 들판에 우두커니 서 있는, 한 그루 늙은 나무를 만났다. 수도승일까, 묵중하게 서 있었다.

다음 날 조치원에서 공주로 가는 어느 가난한 마을 어귀에 그들은 떼를 져 몰려 있었다. 멍청하게 몰려 있는 그들은 어설픈 과객일까. 몹시 추워 보였다.

공주에서 온양으로 우회하는 뒷길 어느 산마루에 그들은 멀리 서 있었다. 하늘 문을 지키는 파수병일까. 외로워 보였다.

온양에서 서울로 돌아오자 놀랍게도 그들은 이미 내 안에 뿌리를 펴고 있었다. 묵중한 그들의, 침울한 그들의, 아아 고독한 모습. 그 후로 나는 뽑아낼 수 없는 몇 그루의 나무를 기르게 되었다.

능금

김기림

심장을 잃어버린 토끼는
지금은 어디 가서 마른 풀을 베고 낮잠을 잘까?

어, 석류가 익었네

정유화

석류네 집 창문이 열리자 알알이 영글은 석류알들의 눈빛이 한꺼번에 와르르 쏟아지는 것을 보았습니다. 얼마나 윤기가 반들반들하게 빛나던지 그 눈망울 보기 위해 나뭇가지로 오르던 나의 마음도 가다 말고 미끄러지고 말았습니다. 석류네 집 창문에는 한 다발의 이야기가 동그랗게 매달려 있습니다. 석류네 집으로 이사를 한번 가 보고 싶습니다. 아무리 찾아보아도 재미나는 이야기가 없는 이 아파트 골목을 떠나 몸만 챙겨서 이사하고 싶었습니다. 발을 들여놓을 자리라도 없다면 문간방이라도 얻어 가을 한철을 월세로 살아 보고 싶었습니다. 나는 석류알 가족 중에서 어느 한 놈이 철없이 집을 뛰쳐나가기를 손꼽아 기다리고 있습니다. 그것을 기다리는 것이 재미를 지어낼 줄 아는 호젓한 그리움의 시간입니다.

흰 별

이정록

볍씨 한 톨 매만지다가
앞니 내밀어 껍질을 벗긴다

쌀 한 톨에도, 오돌토돌
솟구쳐 오른 산줄기가 있고
까끄라기 쪽으로 흘러간 강물이 있다

쌀이라는 흰 별이
산맥과 계곡을 갖기 전
뜨물, 그 혼돈의 나날
무성했던 천둥 번개며 개구리 소리들

문득 내 머리 속에
논배미라는 은하수와
이삭 별자리가 출렁인다

알 톡 찬 볍씨 하나가
밥이 되어 숟가락에 담길 때

별을 삼키는 것이다

밤하늘 별자리를
통째로 품는 것이다

● 〈옥수수〉를 읽고 자신이 좋아하는 꽃, 나무, 과일 가운데 하나를 골라 모방 시를 써 봅시다.

학생 예시글

수박 (고3 김지은)

수박을 갈랐는데
수박이 새빨갛게 잘 익었다.

금세 빨간 속살들이
내 배 속으로 숨어들었다.

- 〈나무〉의 화자처럼 여행길에서 만났던 인상적인 대상을 떠올려 봅시다. 왜 인상적이었는지, 그리고 그것이 자신의 삶에 영향을 끼쳤다면 어떤 부분인지 말해 봅시다.

- 〈어, 석류가 익었네〉의 화자가 석류네 집으로 이사를 가고 싶어 하는 이유를 시에서 찾아 적어 봅시다.

염소의 저녁

안도현

할머니가 말뚝에 매어 놓은 염소를 모시러 간다
햇빛이 염소 꼬랑지에 매달려
짧아지는 저녁,
제 뿔로 하루 종일 들이받아서
하늘이 붉게 멍든 거라고
염소는 앞다리에 한 번 더 힘을 준다
그러자 등 굽은 할머니의 아랫배 쪽에
어둠의 주름이 깊어진다
할머니가 잡고 있는 따뜻한 줄이 식기 전에
뿔 없는 할머니를 모시고 어서 집으로 가야겠다고
염소는 생각한다

거위

정호승

개나리 핀 국도에 차들이 달린다
할머니 한 분이 아까부터 허리를 구부리고
길을 건너지 못하고 서 있다
그때
할머니 뒤에 서서 개나리를 쳐다보고 있던 흰 거위 떼
들이
뒤뚱뒤뚱 떼 지어 길을 건넌다
순간
있는 힘을 다해 달려오던 차들이 놀라 멈춰 선다
버스가 멈춰 서고
짐을 가득 실은 트럭이 멈춰 선다
거위들은 경적 소리에도 아랑곳하지 않는다
할머니가 거위 뒤를 따라 지팡이를 짚고
천천히 길을 건넌다

한 마리 멧새

문태준

소복하게 내린 첫눈 위에
찍어 놓은
한 마리 멧새 발자국
첫잎 같다
발자국이 흔들린 것 보니
그 자리서 깔깔 웃다 가셨다
뒤란이 궁금해 그곳까지 다녀가셨다

가늘은 발뒤꿈치를 들어 찍은
그 발자국을 그러모아
두 귀에 부었다
맑은 수액 같다
귀에 넣고
이리저리 흔들어 대니
졸졸 우신다
좁쌀 같은 소리들
귀가 시원하다
발자국을 따라가니

내 발이 아직 따뜻하다

멧새 한 마리
시골집 울에 내려와
가늘은 발목을 얹어 앉아
붉은 맨발로
마른 목욕을 즐기신다
간밤에 다녀간 그분 같은데
밤새 시골집을 다 돌아보고선
능청을 떨고
빈 마루를 들여다보고 계신다

쥐와의 동거

이대흠

자리에 누워 자려 하는데
천장에서 다다다다 가벼운 발걸음 소리가 들린다
오래전부터 들리던 묵직한 발소리가 아니다
새끼를 쳤나 보다
어흠 기침을 하고 나자 한참 동안 조용하다가
또 다다다다
가는 빗소리보다 가벼운 소리
문틈으로 겨우 스며든 찬바람 몇 줄기가
몸을 움츠리게 하는 밤
참고 참으려다 마침내 참을 수 없다는 듯
한편 천장에서 다른 편 천장으로 뛰어가는 발소리
가벼운 발걸음 소리 몇 번이나 계속된 뒤
천장 한쪽에서 둥둥 울리는 소리
어미 쥐가 새끼 쥐에게 조심하라고 주의를 주나 보다
그러나 다시 시작되는 발소리 저것
비 온 뒤 갓 자라난 달개비 뿌리처럼 여린
연분홍 발을 가졌을 것이다
가만히 웅크리고 있다가

더는 추위를 참지 못하겠다는 듯 다다다다

어린것들이

발갛게 발이 얼어드는 걸 막으려고

저리 뛰는 것이리라

기침을 할 수도 없어 가만히

문 열고 나와 달을 본다

어린 내 새끼들

흰둥이 생각

손택수

손을 내밀면 연하고 보드라운 혀로 손등이며 볼을 쓰윽, 쓱 핥아 주며 간지럼을 태우던 흰둥이. 보신탕감으로 내다 팔아야겠다고, 어머니가 앓아누우신 아버지의 약봉지를 세던 밤. 나는 아무도 몰래 대문을 열고 나가 흰둥이 목에 걸린 쇠줄을 풀어 주고 말았다. 어서 도망가라, 멀리 멀리, 자꾸 뒤돌아보는 녀석을 향해 돌팔매질을 하며 아버지의 약값 때문에 밤새 가슴이 무거웠다. 다음 날 아침 멀리 달아났으리라 믿었던 흰둥이가 아무 일도 없었다는 듯이 돌아와서 그날따라 푸짐하게 나온 밥그릇을 바닥까지 다디달게 핥고 있는 걸 보았을 때, 어린 나는 그예 꾹 참고 있던 울음보를 터뜨리고 말았는데

흰둥이는 그런 나를 다만 젖은 눈빛으로 핥아 주는 것이었다. 개장수의 오토바이에 끌려가면서 쓰윽, 쓱 혀보다 더 축축히 젖은 눈빛으로 핥아 주고만 있는 것이었다.

- 여러분에게 가장 친근하게 느껴지는 동물은 무엇입니까? 동물과 함께했던 경험을 적어 봅시다.

- 각 시에서 '염소', '거위', '멧새', '쥐', '흰둥이'가 불러일으키는 느낌과 분위기를 생각해 봅시다.

학생 시 감상글

〈한 마리 멧새〉를 읽고

멧새의 발자국이 흔들린 것을 '웃다 가셨다'라고 표현한 것이 너무 재미있었다. 멧새가 어떻게 생겼는지는 잘 모르지만 멧새가 깔깔 웃는 모습이 상상되어 기분이 좋아졌다.

(고2 최윤정)

자연과 함께

소를 웃긴 꽃

윤희상

나주 들판에서
정말 소가 웃더라니까
꽃이 소를 웃긴 것이지
풀을 뜯는
소의 발 밑에서
마침 꽃이 핀 거야
소는 간지러웠던 것이지
그것만이 아니라,
피는 꽃이 소를 살짝 들어올린 거야
그래서,
소가 꽃 위에 잠깐 뜬 셈이지
하마터면,
소가 중심을 잃고
쓰러질 뻔한 것이지

비

황인숙

아, 저, 하얀, 무수한, 맨종아리들,
찰박거리는 맨발들.
찰박 찰박 찰박 맨발들.
맨발들, 맨발들, 맨발들.
쉬지 않고 찰박 걷는
티눈 하나 없는
작은 발들.
맨발로 끼어들고 싶게 하는.

화암사, 깨끗한 개 두 마리

안도현

화암사 안마당에는
스님 모시고 노는 개 두 마리가 있습니다
그 귀가 하도 맑고 깨끗해서
뒷산 다람쥐 도토리 굴리는 소리까지
훤히 다 듣습니다
간혹 귀 쫑긋 세우고 쌩 하니 달려갔다가는
소득 없이 터덜터덜 돌아올 때가 있는데
귓전에 닿는 소리에
덕지덕지 욕심이 있어서가 아닙니다
그저 그냥 한번 그래 본 것입니다
바람이, 일없이 풍경 소리를 내는 물고기 꼬리를
그저 그냥 한번 툭 치고 가듯이

미끄럼틀

전봉건

놀이터나
교정에 서 있는
미끄럼틀보다
더 높은 것이
아이들에게는 없다.

그림을 그리게 하면
삼층 교사의 지붕보다
더 높은 키의 미끄럼대를 그린다.

하나 둘
셋 넷……
차례차례 미끄럼틀을 타고 내려오는
아이들 웃는 얼굴 입에는
물린 태양이 있다.

그들은
하늘 꼭대기에서
내려오고 있는 것이다.

- 여러분이 사진으로 남겨 두고 싶었던 풍경은 언제, 어디서 본 풍경이었는지 구체적으로 적어 봅시다.

- 각 시에서 움직임이 드러나는 구절을 찾아 그 구절이 주는 느낌을 말해 봅시다.

학생 시 감상글

〈비〉를 읽고

첫 행의 쉼표들이 눈에 확 들어왔다. 그리고 시의 끝을 '~다'로 끝내지 않은 것도 인상 깊었다. 처음엔 '시의 제목은 '비'인데 어째서 '비'가 아니고 '발'이지?' 하고 생각했다. 그도 그럴 것이 작은 발, 티눈 하나 없는 발, 찰박찰박 맨발……. '발'이잖아? 잘 생각해 보니 '발'은 '비'다. 비는 맨발로 온다. 여기저기 걸어 다닌다. 비는 발이었어.

(고1 변종민)

빗방울

오규원

빗방울이 개나리 울타리에 솝-솝-솝-솝 떨어진다

빗방울이 어린 모과나무 가지에 롭-롭-롭-롭 떨어진다

빗방울이 무성한 수국 잎에 톱-톱-톱-톱 떨어진다

빗방울이 잔디밭에 홉-홉-홉-홉 떨어진다

빗방울이 현관 앞 강아지 머리에 돕-돕-돕-돕 떨어진다

동굴

강현덕

물방울 떨어져서
누군가 발 헛딛는 소리
어둠이 놀라서
간신히 잡은 빛 놓치는 소리
가랑잎 멋모르고 굴러 와
숨으며 몸 돌리는 소리
사사삭 발 많은 벌레
가랑잎 위로 발 가는 소리
가랑잎 간지러워
한 번 더 몸 돌리는 소리

물방울 또 떨어지는 소리
누군가 거기 갇히는 소리

단단한 고요

김선우

마른 잎사귀에 도토리알 얼굴 부비는 소리 후두둑 뛰어내려 저마다 멍드는 소리 멍석 위에 나란히 잠든 반들거리는 몸 위로 살짝살짝 늦가을 햇볕 발 디디는 소리 먼 길 날아온 늙은 잠자리 채머리 떠는 소리 멧돌 속에서 껍질 타지며 가슴 동당거리는 소리 사그락사그락 고운 뼛가루 저희끼리 소근대며 어루만져 주는 소리 보드랍고 찰진 것들 물속에 가라앉으며 안녕 안녕 가벼운 것들에게 이별인사 하는 소리 아궁이 불 위에서 가슴이 확 열리며 저희끼리 다시 엉기는 소리 식어 가며 단단해지며 서로 핥아 주는 소리

도마 위에 다갈빛 도토리묵 한 모

모든 소리들이 흘러 들어간 뒤에 비로소 생겨난 저 고요

저토록 시끄러운, 저토록 단단한,

● 교실에서 나는 소리를 바탕으로, 네 편의 시 가운데 하나를 골라서 모방시를 써 봅시다.

학생 예시글

〈빗방울〉 모방시 (고3 김강수)
아이들의 수다가 선생님께 웅- 웅- 웅- 웅 들려온다.
아이들의 수다가 내 귀에 왕- 왕- 왕- 왕 들려온다.
아이들의 수다가 옆 반 애들에게 음- 음- 음- 음 들려온다.
아이들의 수다가 잠든 아이 귀에 윙- 윙- 윙- 윙 들려온다.

● 각 시의 '소리'들은 작품 속에서 어떤 분위기를 만들어 내고 있는지 말해 봅시다.

경내

서정춘

하늘이 조용한 절집 굽어보시다가 댓돌 위의 고무신 한 켤레가 구름 아래 구름보다 희지고 있는 것을 머쓱하게 엿보시었다

- 경내(境內) 절 집 안.
- 희지다 하얗게 되다.

묵화

김종삼

물 먹는 소 목덜미에
할머니 손이 얹혀졌다.
이 하루도
함께 지났다고,
서로 발잔등이 부었다고,
서로 적막하다고,

• 묵화(墨畵) 절 집 안.

연자간

백석

달빛도 거지도 도적개도 모다 즐겁다
풍구재도 얼럭소도 쇠드랑볕도 모다 즐겁다

도적괭이 새끼락이 나고
살진 쪽제비 트는 기지개 길고

홰냥닭은 알을 낳고 소리치고
강아지는 겨를 먹고 오줌 싸고

개들은 게모이고 쌈짓거리하고
놓여난 도야지 둥구재벼 오고

송아지 잘도 놀고
까치 보해 짖고

신영길 말이 울고 가고
장돌림 당나귀도 울고 가고

대들보 우에 베틀도 채일도 토리개도 모도들 편안하니
구석구석 후치도 보십도 소시랑도 모도들 편안하니

- **연자간** 말이나 소로 연자방아를 돌려 곡식을 찧는 방앗간.
- **풍구재** '풍구'(곡물에 섞인 쭉정이, 겨, 먼지 따위를 날려서 제거하는 농기구)의 평안도 말.
- **쇠드랑볕** 창살 사이로 들어온 햇살.
- **새끼락** 야생동물이 성장하며 나오는 발톱.
- **홰냥닭** 홰에 올라앉은 닭.
- **게모이고** 게걸스럽게 모이고.
- **둥구재벼 오고** 물동이를 안고 오는 것처럼 동그랗게 안겨 오고. 둥구는 '두멍(물을 많이 담아 두고 쓰는 큰 가마니나 독)'의 평안도 말이다.
- **보해** 계속해서. '뻔질나게'의 평북 방언이 '뽀해'다.
- **신영길** 친영길. '친영'은 신랑이 신부 집에 가서 신부를 직접 맞이하는 의식이다.
- **토리개** 목화의 씨를 빼는 도구.
- **후치** '극젱이'의 방언. 땅을 가는 데 쓰는 농기구.
- **보십** 보습.
- **소시랑** 쇠스랑.

파안

고재종

마을 주막에 나가서
단돈 오천 원 내놓으니
소주 세 병에
두부찌개 한 냄비

쭈그렁 노인들 다섯이
그것 나눠 자시고
모두들 볼그족족한 얼굴로

허허허
허허허
큰 대접 받았네그려!

• **파안(破顔)** 얼굴빛을 부드럽게 하여 활짝 웃음.

● 네 편의 시를 읽고 마음에 드는 구절을 찾아보고, 그 이유를 말해 봅시다.

● 〈연자간〉에서 모두들 즐겁고 편안하다고 한 이유는 무엇일지 써 봅시다.

학생 시 감상글

〈연자간〉을 읽고

지금까지 농촌에서 동물들과 친구가 되어 지내 본 적은 없지만, 이 시를 읽고 여러 동물이 서로 정답게 어울려 노는 장면들이 떠올라 재미있을 것 같다고 생각했다.

(고2 이영진)

자연의 표정

은현리 달력 – 인디언 달력을 흉내 내어

정일근

1월, 은현리에 봄까치꽃 맨 처음 피는 달
2월, 철새 까마귀 떼 시베리아로 돌아가는 달
3월, 엄나무 단단한 가시 가시 물올라 스스로 붉어지는 달
4월, 벚나무 아래 앉아 연필로 밑줄 치며 그리운 시집 읽는 달
5월, 내 꽃밭으로 백모란 찾아오시는 달
6월, 새벽에 감꽃 주워 그대 목걸이를 만드는 달
7월, 밤마다 은현리 개구리 합창단이 공연하는 달
8월, 대운산 넘어 동해 바다로 마구 달려가고 싶은 달
9월, 맨발로 무제치늪 걸어 보는 달
10월, 은현리 산길 들길에서 쑥부쟁이 꽃 만나는 달
11월, 늙으신 어머니 곁에서 함께 자는 달
12월, 얼음 어는 밤 잠들지 못하여 그 사람 생각하는 달

● '은현리 달력'을 흉내 내어 자신의 달력을 만들어 봅시다.

학생 예시글

1월, 추위를 피해 온종일 이불 속에 웅크려 있는 달
2월, 눈이 온 세상을 덮어 흰 이불 같은 달
3월, 새 학기가 시작돼 바빠지는 달
4월, 꽃들이 만발해 교실에서 뛰쳐나가고 싶은 달
5월, 잠을 자도 또 자고 싶은 달
6월, 팬티만 입고 자도 되는 달
7월, 빨개 벗고 돌아다니고 싶은 달
8월, 거울을 보면 어느 순간 흑인이 되어 있는 달
9월, 유독 먹을 것이 많아 살이 붙는 달
10월, 이상하게도 옆구리가 간지러운, 외로운 달
11월, 열심히 공부하는 아이들을 지켜보는 달
12월, 어차피 집에 있을 거면서 괜히 크리스마스를 기다리는 달

(고3 염규빈)

엉덩이를

강동주

어질고 착한 사람 되거라
엉덩이 또다려 주시던 할머니
아무래도 봄볕이 그런 것 같애
풀잎도 개나리도 엉덩이를 내민다

• 또다리다 토닥이다. 가볍게 두드리다.

4월과 아침

오규원

나무에서 생년월일이 같은 잎들이
와르르 태어나
잠시 서로 어리둥절해 하네
4월 하고도 맑은 햇빛 쏟아지는 아침

소풍

황인숙

무언가 내 머리를 툭 친다.
나는 눈을 뜬다.
자그마한 새알 껍질!
핏자국이 채 마르지 않았다.
나는 목을 뻗어 둘러본다.
나무들이 수런거린다. 둥그렇게, 숨결 고르게.
초록 꼭대기의 하양 끝까지.
초록 속의 까망 끝까지.

바람은 아스팔트 위의 새알 껍질을 굴리고
나뭇가지 속에서 갓 난 새의 젖은 깃털을 말린다.

이 나무 저 나무 옴팡진 곳에서
피어나는 새들.
날아다니는 꽃잎들.
새의 노랫소리를 듣고
나무는 울창해진다.
이제 막 홀랑 껍질을 벗고

어리둥절 어지러울 오월생아!
축하한다!

라일락꽃 향기가 지저귄다. 은방울꽃 향기가 지저귄다.
이름 모를 향기들이 지저귄다.
햇빛이 깔린
나무 사이의 복도처럼
길게 뻗은 길.

나는 실없이 행복하다.
나는 막 한 발을
햇빛 속에 쳐든다.

● **봄이 왔다는 것을 실감할 때는 언제인지 적어 봅시다.**

학생 예시글

봄을 느끼고 싶다면 아침에 일찍 일어나는 것을 추천하고 싶다. 그 고요함 속에 내려오는 밝은 빛을 바라보면 '봄이 왔구나.'라는 것을 누구보다 먼저 느낄 수 있을 것이고, 잔잔한 아침 공기가 당신을 맞아 줄 것이다.

(고2 원종민)

- 세 편의 시 가운데 봄의 느낌이 가장 잘 살아 있는 시 구절을 찾아 쓰고, 어떠한 점에서 그러한지 적어 봅시다.

여름

최영철

쌈 싸 먹고 싶다
푸른색을 어쩌지 못해 발치에 흘리고 있는
잎사귀 뜯어
구름 모서리에 툭툭 털고
밥 한 숟갈
촘촘한 햇살에 비벼
씀바귀 얹고
땀방울 맺힌 나무 아래
아, 맛있다.

폭풍 속으로 1

황인숙

나뭇잎들이, 나뭇가지들이 파르르르 떨며
숨을 들이켠다
색색거리며 할딱거리며, 툭, 금방 끊어질 듯
팽팽히 당겨져, 부풀어, 터질 듯이
파르르르 떨며 흡! 흡!
하늘과 땅의 광막한 사이가
모세관처럼 좁다는 듯 흡! 흡!
흡! 흡! 흡! 거대한, 흡!

여름 한때

천양희

비 갠 하늘에서 땡볕이 내려온다. 촘촘한 나뭇잎이 화들짝 잠을 깬다. 공터가 물끄러미 길을 엿보는데, 두 살배기 아기가 뒤뚱뒤뚱 걸어간다.

생생한 생(生)! 우주가 저렇게 뭉클하다
고통만이 내 선생이 아니란 걸
깨닫는다. 몸 한쪽이 조금 기우뚱한다

바람이 간혹 숲속에서 달려 나온다. 놀란 새들이 공처럼 튀어 오르고, 가파른 언덕이 헐떡거린다.
왠 기(氣)가 — 저렇게 기막히다

발밑에 밟히는 시름꽃들, 삶이란
원래 기막힌 것이라고 중얼거린다

나는 다시
숨을 쉬며 부푼다. 살아 붐빈다.

● '여름' 하면 가장 먼저 떠오르는 풍경을 묘사해 봅시다.

학생 예시글

내가 좋아하는 여름의 풍경은 따사로운 햇빛이 나무와 만나 반짝일 때다. 더운 날씨에 걷다가 한번 위를 올려다볼 때 햇빛에 비치는 나뭇잎을 보면 이 시멘트 바닥에 똑같은 학교생활에서 벗어나 환상적인 세계에 온 것만 같아서다.

(고2 박소연)

● 세 편의 시에서 자신이 생각하는 여름의 이미지가 가장 잘 드러난 시 구절을 찾아봅시다.

가을날에

조태일

아,

저,

아스라히 멀어서

눈에 잘 들고

몸에 잘도 감기는

하늘 끝자락

치렁치렁 두르셨다.

뙤약볕이 뙤약볕을 볶아 먹던

지난여름을 만가로 잠재우시고

잔가지 많이도 거느린

덕 많은 소나무,

바알갛게 익어 가는 감들을 어루만지며

바람, 바람, 바람, 다독이며

서성입니다.

묵밭떼기 풀내음으로
컬컬한 목 축이시며.

• 만가(輓歌) 죽은 사람을 애도하는 노래.

별

정호승

가을입니다
떡갈나무 한 그루 바람에 흔들리다가
도토리 한 알 떨어져 또르르 굴러가다가
그만 지구 밖까지 굴러가
별이 됩니다

가을의 소원

안도현

적막의 포로가 되는 것

궁금한 게 없이 게을러지는 것

아무 이유 없이 걷는 것

햇볕이 슬어 놓은 나락 냄새 맡는 것

마른풀처럼 더 이상 뻗지 않는 것

가끔 소낙비 흠씬 맞는 것

혼자 우는 것

울다가 잠자리처럼 임종하는 것

초록을 그리워하지 않는 것

- 세 편의 시 가운데 가을의 느낌이 잘 드러나는 시 구절을 찾아 쓰고, 어떠한 점에서 그러한지 적어 봅시다.

● 〈가을의 소원〉을 읽고, 여러분이라면 가을에 어떤 소원을 빌게 될지 적어 봅시다.

학생 시 감상글

〈별〉을 읽고

도토리 한 알처럼 작고 약한 존재가 반짝반짝 빛나 모두가 설레며 빛나는 마음으로 쳐다보는 별이 된다는 것이 정말 사랑스럽다. 그래서 이 시가 좋다.

(고2 윤현수)

겨울밤

민영

겨울이 왔네
외등도 없는 골목길을
찹쌀떡 장수가
길게 지나가네

눈이 내리네

월훈

박용래

첩첩산중에도 없는 마을이 여긴 있습니다. 잎 진 사잇길 저 모래 둑, 그 너머 강기슭에서도 보이진 않습니다. 허방다리 들어내면 보이는 마을.

갱(坑) 속 같은 마을. 꼴깍, 해가, 노루꼬리 해가 지면 집집마다 봉당에 불을 켜지요. 콩깍지, 콩깍지처럼 후미진 외딴집, 외딴집에도 불빛은 앉아 이슥토록 창문은 모과(木瓜)빛입니다.

기인 밤입니다. 외딴집 노인은 홀로 잠이 깨어 출출한 나머지 무우를 깎기도 하고 고구마를 깎다, 문득 바람도 없는데 시나브로 풀려 풀려 내리는 짚단, 짚오라기의 설레임을 듣습니다. 귀를 모으고 듣지요. 후루룩 후루룩 처마 깃에 나래 묻는 이름 모를 새, 새들의 온기를 생각합니다. 숨을 죽이고 생각하지요.

참 오래오래, 노인의 자리맡에 밭은기침 소리도 없을 양이면 벽 속에서 겨울 귀뚜라미는 울지요. 떼를 지어 웁니다, 벽이 무너지라고 웁니다.

어느덧 밖에는 눈발이라도 치는지, 펄펄 함박눈이라도 흩날리는지, 창호지 문살에 돋는 월훈(月暈).

눈 내리는 날

고은

눈 내린다
마을에서 개가 되고 싶다
마을 보리밭에서 개가 되고 싶다
아냐
깊은 산중
아무것도 모르고
잠든 곰이 되고 싶다
눈 내린다
눈 내린다

- 겨울이 되면 하고 싶은 일을 말해 봅시다.

- 〈눈 내리는 날〉의 '잠든 곰'처럼 겨울에 되고 싶은 것을 적고, 그 이유도 함께 써 봅시다.

학생 예시글

나는 겨울에 새하얀 눈이 되고 싶다. 추운 한겨울에 벌벌 떨며 겨울이 싫다는 감정을 느끼고 있는 사람들까지 내가 내림으로써 기뻐하고 즐거워할 수 있을 거라 생각만 해도 흐뭇하다. 어린애들부터 노인들까지 눈이 내리는 아름다운 광경을 보고 기뻐한다면, 눈이 되어 지상에 펑펑 떨어지고 싶다.

(고3 김다은)

자연과 문명

어린 게의 죽음

김광규

어미를 따라 잡힌
어린 게 한 마리

큰 게들이 새끼줄에 묶여
거품을 뿜으며 헛발질할 때
게장수의 구럭을 빠져나와
옆으로 옆으로 아스팔트를 기어간다
개펄에서 숨바꼭질하던 시절
바다의 자유는 어디 있을까
눈을 세워 사방을 두리번거리다
달려오는 군용 트럭에 깔려
길바닥에 터져 죽는다

먼지 속에 썩어 가는 어린 게의 시체
아무도 보지 않는 찬란한 빛

어떤 비닐봉지에게

강은교

어느 가을날 오후, 비닐봉지 하나가 길에 떨어져 있다가
나에게로 굴러 왔다.
그 녀석은 헐떡헐떡거리면서 나에게 자기의 몸매를 보
여 주었다.
그 녀석이 한 바퀴 빙 돌았다, 마치 아름다운 패션모델
처럼
그러자 그 녀석의 몸에선 바람이 일었다.
얄궂은 바람, 나를 한 대 세게 쳤다.
나는 나가떨어졌다. 한참 널브러져 있다가 내가 정신을
차렸을 때는
그 녀석, 비닐봉지는 바람에 춤추며 가는 중이었다.
나는 마구 달려갔다, 바람 속으로
비닐봉지는 나를 돌아보면서도 자꾸 달아났다. 나는
그 녀석을 따라갔다,
넘어지면서, 피 흘리면서
쓰레기들이 옹기종기 모여 있는 곳으로,
실개천이 쭈빗쭈빗 흐르고,

흐늘흐늘 산소가 없어지고 있는 곳으로,

우리의 꿈이 너덜너덜 옷소매를 흔들고 있는 곳으로,

비닐봉지는 나를 돌아보며 소리쳤다,

나는 위대해! 나는 영원해!

나는 몸을 떨었다, 귓속으로 그 녀석의 목소리가 쳐들어왔다.

— 나는 영원히 썩지 않는다네, 썩지 않는 인간의 자식이라네.

비닐봉지는 바람 속에 노오란 꽃처럼 피어났다.

도롱뇽 알주머니

최승호

태백산맥 한 기슭, 사시사철 하늘에서 재 내리는 탄광촌 산골짜기에는 물이 흐르기는 흐르는데, 내려올수록 흐린 물이 되어 흐른다. 골짜기에 늘어선 광부 사택의 수챗구멍이며 하수구들이 더러운 물을 쏟아 내기 때문이다. 그래서 골짜기에는 샴푸며 비누 거품들이 떠내려가기도 하고, 뜨물이며 사람 몸이 쏟는 오물까지 떠내려가는데, 하필이면 그 물에 도롱뇽이 알을 낳는다.(도롱뇽은 도마뱀처럼 작지만, 도롱뇽의 알주머니는 광주리에 둘둘 말아 놓은 굵직한 순대처럼 크다. 이건 놀라움이다. 새끼뱀이 구렁이를 낳았다고 상상해 보라. 큰 것이 작은 것을 낳는 것도 놀라움인데, 작은 것이 큰 것을 낳으니 얼마나 큰 놀라움이며 묘한 일인가.) 그런데 그 알주머니가 썩어 간다. 비닐막 같은 긴 껍질 속에 포도알 모양으로 알들이 들어찬 채 죽음의 물속에서 썩고만 있는 것이다. 도롱뇽은 골짜기 물속 돌덩어리에 알주머니를 붙여 놓고 다시 산골짜기를 올라간다. 물이 있으면 헤엄쳐 가고, 물이 없으면 걸어서 간다. 알주머니가 거품주머니로 변하는 것도 모르는 채, 알을 낳고 다시 핼쑥해진 도롱뇽은 산으로 간다.

바퀴벌레는 진화 중

김기택

믿을 수 없다, 저것들도 먼지와 수분으로 된 사람 같은 생물이란 것을. 그렇지 않고서야 어찌 시멘트와 살충제 속에서만 살면서도 저렇게 비대해질 수 있단 말인가. 살덩이를 녹이는 살충제를 어떻게 가는 혈관으로 흘려보내며 딱딱하고 거친 시멘트를 똥으로 바꿀 수 있단 말인가. 입을 벌릴 수밖엔 없다, 쇳덩이의 근육에서나 보이는 저 고감도의 민첩성과 기동력 앞에서는.

사람들이 최초로 시멘트를 만들어 집을 짓고 살기 전, 많은 벌레들을 씨까지 일시에 죽이는 독약을 만들어 뿌리기 전, 저것들은 어디에 살고 있었을까. 흙과 나무, 내와 강, 그 어디에 숨어서 흙이 시멘트가 되고 다시 집이 되기를, 물이 살충제가 되고 다시 먹이가 되기를 기다리고 있었을까. 빙하기, 그 세월의 두꺼운 얼음 속 어디에 수만 년 썩지 않을 금속의 씨를 감추어 가지고 있었을까.

로봇처럼, 정말로 철판을 온몸에 두른 벌레들이 나올지 몰라. 금속과 금속 사이를 뚫고 들어가 살면서 철판을

왕성하게 소화시키고 수억 톤의 중금속 폐기물을 배설하면서 불쑥불쑥 자라는 잘 진화된 신형 바퀴벌레가 나올지 몰라. 보이지 않는 빙하기, 그 두껍고 차가운 강철의 살결 속에 씨를 감추어 둔 채 때가 이르기를 기다리고 있을지 몰라. 아직은 암회색 스모그가 그래도 맑고 희고, 폐수가 너무 깨끗한 까닭에 숨을 쉴 수가 없어 움직이지 못하고 눈만 뜬 채 잠들어 있는지 몰라.

● **각 시에서 '현대 문명'을 어떻게 표현하고 있는지 찾아 써 봅시다.**

- 〈어린 게의 죽음〉 :

- 〈어떤 비닐봉지에게〉 :

- 〈도롱뇽 알주머니〉 :

- 〈바퀴벌레는 진화 중〉 :

● 문명의 발달과 비례하여 인간은 행복해졌다고 생각합니까? 아니면 불행해졌다고 생각합니까? 그 이유를 적어 봅시다.

학생 시 감상글

〈어떤 비닐봉지에게〉를 읽고

비닐봉지를 의인화하여 스스로를 영원한 존재라 칭하게 한 부분이 참 인상 깊었다. 잘 썩지 않는 비닐봉지의 특징을 재미있게 표현하여 더 기억에 남는다. 그러나 재미를 느끼는 것도 잠시, '썩지 않는 인간의 자식이라네'에서 묘한 기분이 든다. 인간의 자식……. 그렇다. 길거리에 나뒹굴고 있는 비닐봉지, 환경오염의 원인이 되는 비닐봉지는 인간이 낳은 인간의 자식이다.

(고2 김민영)

비가 오면

이상희

비가 오면
온몸을 흔드는 나무가 있고
아, 아, 소리치는 나무가 있고

이파리마다 빗방울을 퉁기는 나무가 있고
다른 나무가 퉁긴 빗방울에
비로소 젖는 나무가 있고

비가 오면
매처럼 맞는 나무가 있고
죄를 씻는 나무가 있고

그저 우산으로 가리고 마는
사람이 있고

자동차에 치인 눈사람

최승호

자동차는 말썽이다. 왜 하필 눈사람을 치고 달아나는가. 아이는 운다. 눈사람은 죽은 게 아니고 몸이 쪼개졌을 뿐인데, 교통사고를 낸 빵소니 차를 원망하는 것이리라. “눈사람은 죽지 않는단다. 꼬마야, 눈사람은 절대 죽지 않아.” 아이는 나를 빤히 쳐다본다. “아저씨, 눈사람은 죽었어요. 죽지 않는다고 말하니까 이렇게 죽었잖아요.”

마지막 느림보 – 산책시 3

이문재

이곳에선 아무도 걷지를 않습니다
내쳐 달리거나 길바닥 위에서
쓰러질 뿐입니다

이 도시는 느슨한 산책을 아주
싫어하는 모양입니다 산책은 아니
산책만이 두 눈과 귀를 열어 준다는 비밀을
이 도시는 알고 있는 것이겠지요
도시는 사람들에게 들키고 싶어 하지
않는다고 하더군요 저 반짝이는
유토피아에의 초대장들로 길 안팎에서
산책을 훼방하는 것이지요

도시는 단 한 사람의 산책자도
인정하지 않으려 합니다 느림보는
가장 큰 죄인으로 몰립니다

게으름을 피우거나 혼자 있으려 하다간

도시에게 당하고 말지요

이 도시는 산책의 거대한 묘지입니다

지구

박용하

달 호텔에서 지구를 보면 우편엽서 한 장 같다. 나뭇잎 한 장 같다. 훅 불면 날아가 버릴 것 같은. 연약하기 짝이 없는 저 별이 아직은 은하계의 오아시스인 모양이다. 우주의 샘물인 모양이다. 지구 여관에 깃들어 잠을 청하는 사람들이 만원이다. 방이 없어 떠나는 새·나무·파도·두꺼비·호랑이·표범·돌고래·청개구리·콩새·사탕단풍나무·바람꽃·무지개·우렁이·가재·반딧불이…… 많기도 하다. 달 호텔 테라스에서 턱을 괴고 쳐다본 지구는 쓸 수 있는 말만 적을 수 있는 엽서 한 잎 같다.

● 〈자동차에 치인 눈사람〉에서 아저씨와 아이는 눈사람을 어떻게 대하고 있습니까? 그 차이점을 말해 봅시다.

● 네 편의 시에서 '우리가 잃어버린 것'은 무엇일지 생각해 봅시다.

학생 시 감상글

〈지구〉를 읽고

달에서 지구를 바라본다는 발상 자체가 참 독특한 것 같다. 동그란 지구를 왜 우편엽서나 나뭇잎 같다고 했는지는 모르겠다. 아무튼 지구는 사람들로 가득 차 있고, 공존하던 온갖 생명체들은 보금자리가 사라져 떠나간다. 어디로 가는 걸까? 갈 곳은 있는 걸까? 내 주위에서 벌어지는 일들이지만 인식하지 못하고 있었다. 그것들이 우리와 공존하면서 지구가 생명과 아름다움을 지켜 나갈 수 있었으면 좋겠다.

(고2 이현진)

소스라치다

함민복

뱀을 볼 때마다
소스라치게 놀란다고
말하는 사람들

사람들을 볼 때마다
소스라치게 놀랐을
뱀, 바위, 나무, 하늘

지상 모든
생명들
무생명들

양지밭

조향미

햇볕이 넘실넘실
사방팔방 날아온
오만 가지 풀씨
멋대로 자란 풀밭
아무도 돌보지 않은 공터
큰 나무 한 그루 없어
오히려 싱그런 풀꽃들이
자유로이 풍요로이
열린 하늘 아래 넘실넘실

내가 가장 착해질 때

서정홍

이랑을 만들고

흙을 만지며

씨를 뿌릴 때

나는 저절로 착해진다.

- 〈내가 가장 착해질 때〉를 읽고 다음 빈칸을 채워 봅시다.

(   )고

(   )며

(   )때

나는 저절로 착해진다.

- 자신을 가장 편안하게 하는 장소나 사물을 자연에서 찾아 적어 봅시다.

학생 예시글

나를 가장 편안하게 하는 장소는 아무도 걸어 보지 않은 길이다. 가끔 나는 알 수 없는 충동에 휩싸인다. 자유분방한 내 영혼을 어딘가에 풀어 보고 싶은 모험심이다. 아무도 걸어 보지 않은 산길이나 숲길, 혹은 내가 새로운 길을 찾을 때 즐겁고 편안한 느낌을 받았다. 일종의 '자유'를 느끼곤 하는 것이다.

(고2 손현식)

자연과 하나

길을 가다

이준관

길을 가다 문득
혼자 놀고 있는 아기새를 만나면
다가가 그 곁에 가만히 서 보고 싶다.
잎들이 다 지고 하늘이 하나
빈 가지 끝에 걸려 떨고 있는
그런 가을날.
혼자 놀고 있는 아기새를 만나면
내 어깨와
아기새의 그 작은 어깨를 나란히 하고
어디든 걸어 보고 싶다.
걸어 보고 싶다.

악양 시편 1

고진하

스물거리는 안개가
악양 들판의 고요를 하늘로 밀어 올리는 새벽,
그 고요 속으로 천천히 걸어 들어가
들판을 바라보니
들판 또한 나를 바라보네.
(오, 들판이 눈을 뜨고
나를 바라보다니!)
반 뼘쯤 자란 논보리도 초록초록 눈을 떠
나를 바라보네.
논보리밭 사잇길 말뚝에 매인
흑염소 두 마리도 고개를 갸웃대며
낯선 나를 바라보네.
그렇게 나를 바라보다가
어린 뿔로 들이받을 듯 달려들기에
뿔 없는 나도 손가락뿔 세워 저를 받는 시늉을 하며
흥에 겨워 한참을 노는데,
어디서 갑자기 불어온 돌개바람에

보리밭이 흔들리고
냇가의 억새가 흔들리고
어린 흑염소 뿔이 흔들리고
흑염소와 놀던 나도 휘청, 흔들리네.
문득
중심을 잃은 황홀에 몸 비비다
다시 눈을 들어 들판을 바라보네.
오늘 같은 날은,
악양 들판이 일으키는
초록 지진에 흔들리다 파묻혀도 좋겠네.

• 악양 경남 하동에 있는 지명. (소설 〈토지〉에 나오는 배경)

논두렁에 서서

이성선

갈아 놓은 논고랑에 고인 물을 본다
마음이 행복해진다
나뭇가지가 꾸부정하게 비치고
햇살이 번지고
날아가는 새 그림자가 잠기고
나의 얼굴이 들어 있다
늘 홀로이던 내가
그들과 함께 있다
누가 높지도 낮지도 않다
모두가 아름답다
그 안에 나는 거꾸로 서 있다
거꾸로 서 있는 모습이
본래의 내 모습인 것처럼
아프지 않다
산도 곁에 거꾸로 누워 있다
늘 떨며 우왕좌왕하던 내가
저 세상에 건너가 서 있기나 한 듯
무심하고 아주 선명하다

● **여러분이 오래도록 바라보았던 자연 풍경은 무엇입니까? 그 풍경을 묘사해 봅시다.**

학생 예시글

중학교 2학년 때였다. 눈이 펑펑 내리는 새벽에 산을 올랐다. 등산로에 켜져 있는 등불 근처엔 주황색 눈이 내렸다. 정상에 도착한 후 가장 높은 곳에서 눈 내린 세상을 봤다. 하얀색 바다 같았다. 산은 꼭 하얀 파도 같았다. 그 장면을 보고 이유 없이 펑펑 울었다.

(고3 황시내)

- 〈악양 시편 1〉에서 '나'를 바라보고 있는 것을 모두 찾아 써 봅시다.

양말

이동순

양말을 빨아 널어 두고
이틀 만에 걷었는데 걷다가 보니
아, 글쎄
웬 풀벌레인지 세상에
겨울 내내 지낼 자기 집을 양말 위에다
지어 놓았지 뭡니까
참 생각 없는 벌레입니다
하기사 벌레가 양말 따위를 알 리가 없겠지요
양말이 뭔지 알았다 하더라도
워낙 집짓기가 급해서 이것저것 돌볼 틈이 없었겠지요
다음 날 아침 출근길에
양말을 신으려고 무심코 벌레집을 떼어 내려다가
작은 집 속에서 깊이 잠든
벌레의 겨울잠이 다칠까 염려되어
나는 내년 봄까지
그 양말을 벽에 고이 걸어 두기로 했습니다

풀벌레들의 작은 귀를 생각함

김기택

텔레비전을 끄자
풀벌레 소리
어둠과 함께 방 안 가득 들어온다
어둠 속에서 들으니 벌레 소리들 환하다
별빛이 묻어 더 낭랑하다
귀뚜라미나 여치 같은 큰 울음 사이에는
너무 작아 들리지 않는 소리도 있다
그 풀벌레들의 작은 귀를 생각한다
내 귀에는 들리지 않는 소리들이 드나드는
까맣고 좁은 통로들을 생각한다
그 통로의 끝에 두근거리며 매달린
여린 마음들을 생각한다
발뒤꿈치처럼 두꺼운 내 귀에 부딪쳤다가
되돌아간 소리들을 생각한다
브라운관이 뿜어낸 현란한 빛이
내 눈과 귀를 두껍게 채우는 동안
그 울음소리들은 수없이 나에게 왔다가

너무 단단한 벽에 놀라 되돌아갔을 것이다
하루살이들처럼 전등에 부딪쳤다가
바닥에 새카맣게 떨어졌을 것이다
크게 밤공기 들이쉬니
허파 속으로 그 소리들이 들어온다
허파도 별빛이 묻어 조금은 환해진다

하늘

박두진

하늘이 내게로 온다.
여릿여릿
머얼리서 온다.

하늘은, 머얼리서 오는 하늘은,
호수처럼 푸르다.

호수처럼 푸른 하늘에,
내가 안긴다. 온몸이 안긴다.

가슴으로, 가슴으로,
스미어드는 하늘,
향기로운 하늘의 호흡,

따가운 볕,
초가을 햇볕으론
목을 씻고,

나는 하늘을 마신다.
자꾸 목말라 마신다.

마시는 하늘에
내가 익는다.
능금처럼 마음이 익는다.

주머니 속의 바다

정일근

그 마을 사람들은 바다를 주머니에 넣고 다닌다

설마? 하고 물어보면 불쑥 주머니 속의 바다를 꺼내 보여 준다

놀라지 마라, 그것은 마을의 아주 어린 꼬마 녀석도 할 수 있는 일이다

제법 사랑을 아는 나이가 된 친구들은

사랑으로 외롭거나 쓸쓸할 때에는

손바닥 위에 바다를 올려놓고 휘파람을 분다

아무래도 마을 어른들은 한 수 위다

흰 손수건인가 싶어 보면 어느새 하얀 갈치 떼로 변하고

손금 위로 바다를 흐르게 하고 흐르는 바다 위에 섬을 띄운다

아주 오래전 그 섬을 찾아가 돌아오지 않는 사람들의 안부까지 전해 준다

떠나오던 날 마을 사람들이 주섬주섬 챙겨 선물로 건네주던 바다

읽다 만 시집 속에 곱게 접어 온 바다

삶에 지칠 때, 누군가가 아득히 그리울 때

나는 손바닥에 그 바다를 올려놓고 엽서를 쓴다
아침이면 사람과 함께 눈뜨는 바다
저녁이면 사람과 함께 잠드는 바다
사람과 한 몸이 되어 살아가는 바다를 나는 알고 있으니

● 〈주머니 속의 바다〉에서 '사람들이 주머니 속에 넣고 다니는 바다'는 어떤 의미일지 적어 봅시다.

학생 예시글

위로, 즐거움, 나의 삶, 그리움. 돈 몇 푼으로 바꿀 수 없는 소중함일 것이다. 왜냐하면 그 마을 사람들은 매일 바다를 끼고 살기 때문에 바다의 아름다움도 더 잘 느낄 것이고, 매일매일 바다를 보며 위로를 받고 바다가 삶의 전부가 됐을 것이니까.

(고2 임소리)

● 〈풀벌레들의 작은 귀를 생각함〉에서 화자가 풀벌레들의 작은 귀를 생각하게 된 이유는 무엇인지 말해 봅시다.

앞산을 보며

김용택

이렇게 살다가

나도 죽으리

나 죽으면

저 물처럼 흐르지 않고

저 산에 기대리

눈을 감고 별을 보며

풀잎들을 키우다가

언젠가는 기댐도

흔적도 없이 지워져서

저 산이 되리

입적

윤석산

"이만 내려놓겠네."

해인사 경내 어느 숲 속
큰 소나무 하나,
이승으로 뻗은 가지 '뚝' 하고 부러지는 소리.

지상으로 지천인 단풍
문득
누더기 한 벌뿐인 세상을 벗어 놓는다.

• 입적(入寂) 죽음을 뜻하는 불교 용어. 이생의 고통과 번뇌에서 벗어나 고요한 세계로 들어갔다는 것을 말함.

귀천

천상병

나 하늘로 돌아가리라
새벽빛 와 닿으면 스러지는
이슬 더불어 손에 손을 잡고,

나 하늘로 돌아가리라
노을빛 함께 단둘이서
기슭에서 놀다가 구름 손짓하며는,

나 하늘로 돌아가리라
아름다운 이 세상 소풍 끝내는 날,
가서, 아름다웠더라고 말하리라……

- 세 편의 시에서 말하는 '죽음'은 어떤 느낌으로 다가오는지 말해 봅시다.

- 다시 태어난다면 무엇이 되고 싶습니까? 자연물 중에서 대상을 찾고, 그 이유를 적어 봅시다.

학생 시 감상글

〈입적〉을 읽고

소나무는 '이만 내려놓겠네'라고 자신이 스스로 죽음을 인정했다. 멋지게 삶을 살았던 자만이 할 수 있는 일이다. 나도 이런 마음을 가졌으면 좋겠다. 열심히 순간순간을 살고 시련을 극복해 나가면서 더 나은 내가 되었을 때, 미련 없이 나의 죽음을 맞이하고 싶다.

(고2 전소영)

자연의
가르침

이른 아침에

서정홍

감자밭 일구느라
괭이질을 하는데
땅속에서 개구리 한 마리
툭 튀어나왔습니다.

날카로운 괭이 날에
한쪽 다리가 끊어진 채
나를 쳐다봅니다.

하던 일 멈추고
집으로 돌아왔습니다.

하루 내내
밥도 먹히지 않았습니다.
물도 넘어가지 않았습니다.

흔적

조향미

온 줄도 몰랐는데
모기 한 마리가 팔 위에 앉았다
반사적으로 내리쳤다
도망쳤던가 죽었던가 하여간
앉았던 자리 살이 간질거리며 부풀어 올랐다
물린 자국이 그 작은 몸집의 몇십 배는 되겠다
손가락으로 긁적거리다가 손톱으로 꼭꼭 누르다가
물린 팔뚝을 가만히 바라본다
당연하지 않은가
한 존재의 흔적이 이만큼도 안 될 수 있으랴

어디에다 고개를 숙일까

김용택

어디에다 고개를 숙일까

아침 이슬 털며 논길을 걸어오는 농부에게

언 땅을 뚫고 돋아나는 쇠뜨기 풀에게

얼음 속에 박힌 지구의 눈 같은 개구리 알에게

길어나는 올챙이 다리에게

날마다 그 자리로 넘어가는 해와 뜨는 달과 별에게 그리고 캄캄한 밤에게

저절로 익어 툭 떨어지는 살구에게

커다란 나무 아래에서 둥그렇게 앉아 노는 동네 아이들에게

풀밭에 가만히 앉아 되새김질하는 소에게

고기들이 왔다 갔다 하는 강물에게

호미를 쥔 우리 어머님의 흙 묻은 손에게

그 손 엄지손가락 둘째 마디 낮에 나온 반달 같은 흉터에게

날아가는 노랑나비와 흰나비와 제비와 딱새에게

저무는 날 홀로 술 마시고 취한 시인에게

눈을 끝까지 짊어지고 서 있는 등 굽은 낙락장송에게

날개 다친 새와

새 입에 물린 파란 벌레에게

비 오는 가을 저녁 오래된 산골 마을 뒷산에 서서 비를 다 맞는 느티나무에게

나는 고개 숙이리

눈

오세영

순결한 자만이
자신을 낮출 수 있다.
자신을 낮출 수 있다는 것은
남을 받아들인다는 것,
인간은 누구나 가장 낮은 곳에 설 때
사랑을 안다.
살얼음 에는 겨울,
추위에 지친 인간은 제각기 자신만의
귀갓길을 서두르는데
왜 눈은 하얗게 하얗게
내려야만 하는가,
하얗게 하얗게 혼신의 힘을 기울여
바닥을 향해 투신하는
눈,
눈은 낮은 곳에 이르러서야
비로소 녹을 줄을 안다.
나와 남이 한데 어울려
졸졸졸 흐르는 겨울물 소리.

언 마음이 녹은 자만이
사랑을 안다.

● 〈어디에다 고개를 숙일까〉를 모방하여 다음을 채워 봅시다.

( )에게

( )에게

( )에게

( )에게

( )에게

나는 고개 숙이리

● 〈눈〉에서 '눈'을 통해 깨달은 사랑의 의미를 적어 봅시다.

학생 시 감상글

〈이른 아침에〉를 읽고

사람들은 누구나 자신도 모르는 새 누군가에게 미안해야만 하는 일을 저지르곤 한다. 그걸 알게 되었을 때의 충격과 죄책감. 의도하지 않았다고 하더라도, 화자가 자신 때문에 다리가 잘린 개구리를 발견하곤 얼마나 미안해 했을까 생각하니 나까지 가슴이 아프고 슬펐다. 개구리와 눈을 맞추던 그 짧은 시간 동안 화자의 마음이 얼마나 두렵고 복잡했을지. 너무 슬픈 시이다.

(고2 김예빈)

담쟁이

도종환

저것은 벽
어쩔 수 없는 벽이라고 우리가 느낄 때
그때
담쟁이는 말없이 그 벽을 오른다
물 한 방울 없고 씨앗 한 톨 살아남을 수 없는
저것은 절망의 벽이라고 말할 때
담쟁이는 서두르지 않고 앞으로 나아간다
한 뼘이라도 꼭 여럿이 함께 손을 잡고 올라간다
푸르게 절망을 다 덮을 때까지
바로 그 절망을 잡고 놓지 않는다
저것은 넘을 수 없는 벽이라고 고개를 떨구고 있을 때
담쟁이 잎 하나는 담쟁이 잎 수천 개를 이끌고
결국 그 벽을 넘는다

사과야 미안하다

정일근

사과 과수원을 하는 착한 친구가 있다. 사과꽃 속에서 사과가 나오고 사과 속에서 더운 밥 나온다며, 나무야 고맙다 사과나무야 고맙다. 사과나무 그루 그루마다 꼬박꼬박 절하며 과수원을 돌던 그 친구를 본 적이 있다. 사과꽃이 새치름하게 눈 뜨던 저녁이었다. 그날 나는 천년에 한 번씩만 사람에게 핀다는 하늘의 사과꽃 향기를 맡았다.

눈 내리는 밤에 친구는 사과를 깎는다. 툭, 칼등으로 쳐서 사과를 혼절시킨 그 뒤에 친구는 사과를 깎는다. 붉은 사과에 차가운 칼날이 닿기 전에 영혼을 울리는 저 따뜻한 생명의 만트라. 사과야 미안하다 사과야 미안하다. 친구가 제 살과 같은 사과를 조심조심 깎는 정갈한 밤, 하늘에 사과꽃 같은 눈꽃이 피고 온 세상에 사과 향기 가득하다.

• **만트라** 불교에서 기도하거나 의식에 효력을 부여하기 위해서 외우는 짧은 주문. 또는 타인을 축복하고, 자신의 몸을 보호하며 정신을 통일하고, 깨달음의 지혜를 획득하기 위해서 외우는 신비한 위력을 가진 말.

나무 1 – 지리산에서

신경림

나무를 길러 본 사람만이 안다
반듯하게 잘 자란 나무는
제대로 열매를 맺지 못한다는 것을
너무 잘나고 큰 나무는
제 치레 하느라 오히려
좋은 열매를 갖지 못한다는 것을
한 군데쯤 부러졌거나 가지를 친 나무에
또는 못나고 볼품없이 자란 나무에
보다 실하고
단단한 열매가 맺힌다는 것을

나무를 길러 본 사람만이 안다
우쭐대며 웃자란 나무는
이웃 나무가 자라는 것을 가로막는다는 것을
햇빛과 바람을 독차지해서
동무 나무가 꽃피고 열매 맺는 것을
훼방한다는 것을
그래서 뽑거나

베어 버릴 수밖에 없다는 것을
사람 사는 일이 어찌 꼭 이와 같을까만

겨울-나무로부터 봄-나무에로

황지우

나무는 자기 몸으로
나무이다
자기 온몸으로 나무는 나무가 된다
자기 온몸으로 헐벗고 영하 13도
영하 20도 지상에
온몸을 뿌리 박고 대가리 쳐들고
무방비의 나목으로 서서
두 손 올리고 벌 받는 자세로 서서
아 벌 받은 몸으로, 벌 받는 목숨으로 기립하여, 그러나
이게 아닌데 이게 아닌데
온 혼으로 애타면서 속으로 몸속으로 불타면서
버티면서 거부하면서 영하에서
영상으로 영상 5도 영상 13도 지상으로
밀고 간다, 막 밀고 올라간다
온몸이 으스러지도록
으스러지도록 부르터지면서
터지면서 자기의 뜨거운 혀로 싹을 내밀고
천천히, 서서히, 문득 푸른 잎이 되고

푸르른 사월 하늘 들이받으면서
나무는 자기의 온몸으로 나무가 된다
아아, 마침내, 끝끝내
꽃 피는 나무는 자기 몸으로
꽃 피는 나무이다

● 〈나무 1 – 지리산에서〉에서 각각의 나무들이 어떤 사람을 말하는 것인지 추측해서 적어 봅시다.

• 반듯하게 잘 자란 나무, 너무 잘나고 큰 나무 :

• 한 군데쯤 부러졌거나 가지를 친 나무, 못나고 볼품없이 자란 나무 :

• 우쭐대며 웃자란 나무 :

- 〈겨울-나무로부터 봄-나무에로〉에서 '겨울나무'가 '봄나무'로 되기 위해 하는 것은 무엇인지 적어 봅시다.

학생 시 감상글

〈담쟁이〉를 읽고

한계를 느끼면 나는 쉽게 포기해 버리곤 한다. 그런데 담쟁이는 그 작은 몸집에도 굴하지 않고 전진한다. 아마 혼자가 아닌, 함께라서 더욱더 힘이 나는 것일 거다. 아주 조금씩 천천히 움직여서 오랜 시간이 걸리더라도 포기하지 않고 희망을 잃지 않는다. 사소한 담쟁이의 그런 모습은 정말 본받을 만하다. '저렇게 작은 담쟁이도 하는데 나라고 못할 거 있겠어?'라는 생각이 든다. 나도 내 주위의 친구들, 가족들과 함께라면 힘든 일도 겁내지 않고 도전할 수 있을 것이다.

(고2 이현지)

공놀이

오봉옥

한 아이가 학원도 가지 않고
달을 차고 논다.
발끝으로 톡톡 건드리다가
질풍처럼 몰고 가기도 하고
하늘 높이 뻥, 내지르기도 한다.
그 순간 달은 집으로 돌아갈까 하다가
저 혼자 노는 아이가 안쓰러워
다시금 풀밭에 통통통 떨어진다.
아이는 오늘
처음으로 세상의 주인의 되어
달을 차고 논다.
골키퍼가 되어 짐승처럼 웅크리기도 하고
페널티킥을 실축한 선수가 되어
연신 헛발질하는 흉내를 내다가도
어느새 다시 골 넣은 선수가 되어
손가락으로 브이 자를 그리며
겅중겅중 춤추듯 걷는다.

어라, 언제 시간이 이렇게 되었지?
아이가 달을 숨겨 놓으려는 속셈으로
공중으로 뻥 차올리자
구름 벗겨진 하늘이 그것을 날름 받아
시치미 뚝 떼고 하늘가에 내놓는다

산

김광섭

이상하게도 내가 사는 데서는
새벽녘이면 산들이
학처럼 날개를 쭉 펴고 날아와서는
종일토록 먹도 않고 말도 않고 엎뎄다가는
해 질 무렵이면 기러기처럼 날아서
틀만 남겨 놓고 먼 산 속으로 간다

산은 날아도 새둥이나 꽃잎 하나 다치지 않고
짐승들의 굴 속에서도
흙 한 줌 돌 한 개 들성거리지 않는다
새나 벌레나 짐승들이 놀랄까 봐
지구처럼 부동의 자세로 떠 간다
그럴 때면 새나 짐승들은
기분 좋게 엎데서
사람처럼 날아가는 꿈을 꾼다

산이 날 것을 미리 알고 사람들이 달아나면
언제나 사람보다 앞서 가다가도

고달프면 쉬란 듯이 정답게 서서
사람이 오기를 기다려 같이 간다

산은 양지바른 쪽에 사람을 묻고
높은 꼭대기에 신을 뫼신다

산은 사람들과 친하고 싶어서
기슭을 끌고 마을에 들어오다가도
사람 사는 꼴이 어수선하면
달팽이처럼 대가리를 들고 슬슬 기어서
도로 험한 봉우리로 올라간다

산은 나무를 기르는 법으로
벼랑에 오르지 못하는 법으로
사람을 다스린다

산은 울적하면 솟아서 봉우리가 되고
물소리를 듣고 싶으면 내려와 깊은 계곡이 된다

산은 한 번 신경질을 되게 내야만
고산(高山)도 되고 명산(名山)도 된다.

산은 언제나 기슭에 봄이 먼저 오지만
조금만 올라가면 여름이 머물고 있어서
한 기슭인데 두 계절을
사이좋게 지니고 산다.

- 엎데다 '엎드리다'의 평안도 말.
- 새둥이 새의 둥지.

소멸

조태일

산들과 잠시나마
고요히 지내려고
산에 오르면

산들은 저희들끼리
거대한 그림자를 만들어
한 점 티끌도 안 보이게
나를 지운다

- 자연 속에서 마음이 편안해졌던 경험을 떠올려 보고, 그때의 상황과 마음 상태 등을 자세히 적어 봅시다.

● **다음 두 편의 시에서 자연이 하는 일을 찾아 적어 봅시다.**

- 〈공놀이〉의 '달'과 '하늘' :

- 〈산〉의 '산' :

학생 시 감상글

〈소멸〉을 읽고

자연의 신비로움뿐 아니라 온 인간을 품는 거대하고 엄청난 무언가가 느껴지는 시이다. 뻔한 감상일지 모르겠지만 정말 내가 쿵! 하고 느꼈던 것은 자연 앞에서는 아무리 힘이 세고 높은 자리에 있는 사람이라도 나약한 존재라는 것이다. 좁디좁은 세상에서 작은 것들을 가지고 편을 나누고 싸우고 물리적인 충돌도 서슴지 않는 인간들을 보는 거대한 자연은 무슨 생각을 할까? 이 시에 나오는 산처럼 경쟁 사회에서 뒤쳐진 사람들에게 휴식을 주면서 품어 주는 자연 같은 사람이 되고 싶다.

(고2 한예은)

사랑

박형진

풀여치 한 마리 길을 가는데
내 옷에 앉아 함께 간다
어디서 날아왔는지 언제 왔는지
갑자기 그 파란 날개 숨결을 느끼면서
나는
모든 살아 있음의 제자리를 생각했다
풀여치 앉은 나는 한 포기 풀잎
내가 풀잎이라고 생각할 때
그도 온전한 한 마리 풀여치
하늘은 맑고
들은 햇살로 물결치는 속 바람 속
나는 나를 잊고 한없이 걸었다
풀은 점점 작아져서
새가 되고 흐르는 물이 되고
다시 저 뛰노는 아이들이 되어서
비로소 나는
이 세상 속에서의 나를 알았다

어떤 사랑이어야 하는가를

오늘 알았다.

벼

이성부

벼는 서로 어우러져
기대고 산다
햇살 따가워질수록
깊이 익어 스스로를 아끼고
이웃들에게 저를 맡긴다

서로가 서로의 몸을 묶어
더 튼튼해진 백성들을 보아라
죄도 없이 죄지어서 더욱 불타는
마음들을 보아라 벼가 춤출 때
벼는 소리 없이 떠나간다

벼는 가을 하늘에도
서러운 눈 씻어 맑게 다스릴 줄 알고
바람 한 점에도
제 몸의 노여움을 덮는다
저의 가슴도 더운 줄을 안다

벼가 떠나가며 바치는

이 넓디넓은 사랑

쓰러지고 쓰러지고 다시 일어서서 드리는

이 피 묻은 그리움

이 넉넉한 힘……

옛 마을을 지나며

김남주

찬 서리

나무 끝을 날으는 까치를 위해

홍시 하나 남겨 둘 줄 아는

조선의 마음이여

● 자연이 가르쳐 준 사랑이 어떤 것인지 각각의 시에서 찾아봅시다.

● 여러분이 자연으로부터 배운 사랑은 무엇인지 적어 봅시다.

학생 시 감상글

〈벼〉를 읽고

이 시를 읽어 보니 돈 없는 서민들이 생각났다. 특히 '죄도 없이 죄지어서 더욱 불타는 마음들을 보아라' 하는 부분에서는 '유전무죄 무전유죄'라는 말이 생각나기도 했다. 씁쓸하기도 하고 안타깝기도 하지만 마지막 연의 '쓰러지고 쓰러지고 다시 일어서서 드리는 이 피 묻은 그리움, 이 넉넉한 힘……'에서 아무리 힘들고 지치더라도 다시 일어서는 그 끈기와 용기가 느껴지는 것 같아 따뜻한 마음이 들기도 했다.

(고2 이경은)

시의 출처 (가나다순)

4월과 아침 오규원. 《두두》, 문학과지성사

가을날에 조태일. 《풀꽃은 꺾이지 않는다》, 창비

가을의 소원 안도현. 《간절하게 참 철없이》, 창비

거위 정호승. 《포옹》, 창비

겨울-나무로부터 봄-나무에로 황지우. 《겨울-나무로부터 봄-나무에로》, 민음사

겨울밤 민영. 《엉겅퀴꽃》, 창비

경내 서정춘. 《봄, 파르티잔》, 시와시학사

공놀이 오봉옥. 《나를 던지는 동안》, 지식을만드는지식

귀천 천상병. 《귀천》, 답게

길을 가다 이준관. 《시가 내게로 왔다》, 마음산책

나무 박목월. 《청담》, 일조각

나무 1 - 지리산에서 신경림. 《여름날》, 미래사

내가 가장 착해질 때 서정홍. 《내가 가장 착해질 때》, 나라말

논두렁에 서서 이성선. 《이성선 시선집》, 시와시학사

눈 오세영. 《잠들지 못하는 건 사랑이다》, 책만드는집

눈 내리는 날 고은. 《오십년의 사춘기》, 문학동네

능금 김기림. 《김기림 선집》, 깊은샘

단단한 고요 김선우. 《도화 아래 잠들다》, 창비

담쟁이 도종환. 《담쟁이》, 시인생각

도롱뇽 알주머니 최승호. 《코뿔소는 죽지 않는다》, 도요새

동굴 강현덕. 《한림정 역에서 잠이 들다》, 태학사

마지막 느림보 – 산책시 3 이문재. 《산책시편》, 민음사

묵화 김종삼. 《북 치는 소년》, 민음사

미끄럼틀 전봉건. 《전봉건 시전집》, 문학동네

바퀴벌레는 진화 중 김기택. 《태아의 잠》, 문학과지성사

벼 이성부. 《우리 앞이 모두 길이다》, 지식을만드는지식

별 정호승. 《풀잎에도 상처가 있다》, 열림원

비 황인숙. 《나의 침울한, 소중한 이여》, 문학과지성사

비가 오면 이상희.

빗방울 오규원. 《두두》, 문학과지성사

사과야 미안하다 정일근. 《사과야 미안하다》, 지식을만드는지식

사랑 박형진. 《바구니 속 감자싹은 시들어가고》, 창비

산 김광섭. 《겨울날》, 창비

소를 웃긴 꽃 윤희상. 《소를 웃긴 꽃》, 문학동네

소멸 조태일. 《조태일 전집》, 창비

소스라치다 함민복. 《말랑말랑한 힘》, 문학세계사

소풍 황인숙. 《우리는 철새처럼 만났다》, 문학과지성사

악양 시편 1 고진하. 《수탉》, 민음사

앞산을 보며 김용택. 《그 여자네 집》, 창비

양말 이동순. 《가시연꽃》, 창비

양지밭 조향미. 《새의 마음》, 내일을여는책

어, 석류가 익었네 정유화. 《청산우체국 소인이 찍힌 편지》, 천년의시작

어디에다 고개를 숙일까 김용택. 《그래서 당신》, 문학동네

어떤 비닐봉지에게 강은교. 《어느 별에서의 하루》, 창비

어린 게의 죽음 김광규. 《우리를 적시는 마지막 꿈》, 문학과지성사

엉뎅이를 강동주. 《강물이고자 별을 따서 반짝반짝 씻는》, 답게

여름 최영철. 《일광욕하는 가구》, 문학과지성사

여름 한때 천양희. 《마음의 수수밭》, 창비

연자간 백석. 《정본 백석 시집》, 문학동네

염소의 저녁 안도현. 《너에게 가려고 강을 만들었다》, 창비

옛 마을을 지나며 김남주. 《옛 마을을 지나며》, 문학동네

옥수수 임길택. 《산골 아이》, 보리

월훈 박용래. 《먼 바다》, 창비

은현리 달력 정일근. 《기다린다는 것에 대하여》, 문학과지성사

이른 아침에 서정홍. 《내가 가장 착해질 때》, 나라말

입적 윤석산. 《적》, 시와시학사

자동차에 치인 눈사람 최승호. 《얼음의 자서전》, 세계사

주머니 속의 바다 정일근. 《누구도 마침표를 찍지 못한다》, 시와시학사

쥐와의 동거 이대흠. 《귀가 서럽다》, 창비

지구 박용하. 《영혼의 북쪽》, 문학과지성사

파안 고재종. 《날랜 사랑》, 창비

폭풍 속으로 1 황인숙. 《자명한 산책》, 문학과지성사

풀벌레들의 작은 귀를 생각함 김기택. 《소》, 문학과지성사

하늘 박두진. 《예레미야의 노래》, 창비

한 마리 멧새 문태준. 《가재미》, 문학과지성사

화암사, 깨끗한 개 두 마리 안도현. 《그리운 여우》, 창비

흔적 조향미. 《그 나무가 나에게 팔을 벌렸다》, 실천문학사

흰 별 이정록. 《가슴이 시리다》, 지식을만드는지식

흰둥이 생각 손택수. 《나무의 수사학》, 실천문학사

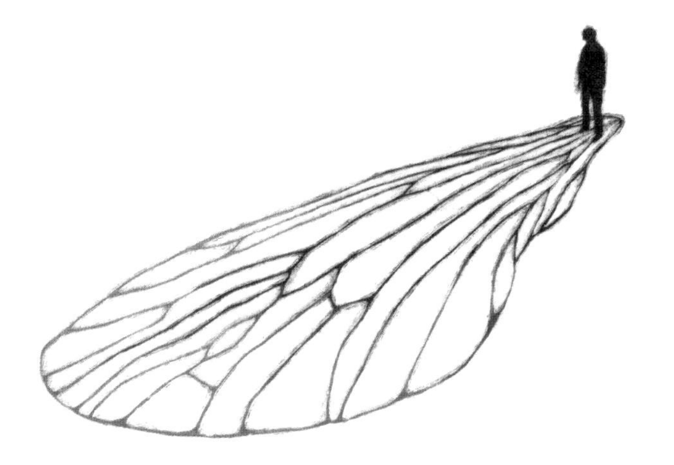

문학시간에 시읽기 4

엮은이 | 전국국어교사모임

1판 1쇄 발행일 2013년 5월 20일
1판 2쇄 발행일 2019년 7월 22일

발행인 | 김학원
편집주간 | 김민기 황서현
기획 | 문성환 박상경 임은선 김보희 최윤영 전두현 최인영 정민애 김주원 이문경 임재희 이화령
디자인 | 김태형 유주현 구현석 박인규 한예슬
마케팅 | 김창규 김한밀 윤민영 김규빈 김수아 송희진
제작 | 이정수
저자·독자 서비스 | 조다영 윤경희 이현주 이령은(humanist@humanistbooks.com)
스캔·출력 | 이희수 com.
용지 | 화인페이퍼
인쇄 | 청아디앤피
제본 | 정민문화사

발행처 | (주)휴머니스트 출판그룹
출판등록 | 제313-2007-000007호(2007년 1월 5일)
주소 | (03991) 서울시 마포구 동교로23길 76(연남동)
전화 | 02-335-4422 팩스 | 02-334-3427
홈페이지 | www.humanistbooks.com

ISBN 978-89-5862-614-5 44810
ISBN 978-89-5862-610-7 (세트)

만든 사람들

편집주간 | 황서현
기획 | 문성환(msh2001@humanistbooks.com)
편집 | 이영란
디자인 | 김태형 최우영
일러스트 | 홍자혜

- 이 도서의 국립중앙도서관 출판시도서목록(CIP)은 서지정보유통지원시스템 홈페이지(http://seoji.nl.go.kr)와 국가자료공동목록시스템(http://www.nl.go.kr/kolisnet)에서 이용하실 수 있습니다.(CIP제어번호: CIP2013006141)